孕文有 著

闲来集

重庆大学出版社

图书在版编目（CIP）数据

闲来集 / 李文有著. -- 重庆：重庆大学出版社，
2019.10

ISBN 978-7-5689-1863-3

Ⅰ.①闲… Ⅱ.①李… Ⅲ.①诗词—作品集—中国—
当代 Ⅳ.①I227

中国版本图书馆CIP数据核字（2019）第237048号

闲来集

XIAN LAI JI

李文有 著

策划编辑：鲁 黎

责任编辑：夏 宇 版式设计：鲁 黎
责任校对：邹 忌 责任印制：张 策

*

重庆大学出版社出版发行
出版人：饶帮华
社址：重庆市沙坪坝区大学城西路21号
邮编：401331
电话：（023）88617190 88617185（中小学）
传真：（023）88617186 88617166
网址：http://www.cqup.com.cn
邮箱：fxk@cqup.com.cn（营销中心）
全国新华书店经销
重庆华林天美印务有限公司印刷

*

开本：889mm×1194mm 1/32 印张：5.5 字数：93千
2019年10月第1版 2019年10月第1次印刷
ISBN 978-7-5689-1863-3 定价：48.00元

序

一

著名诗学批评家钟嵘的《诗品·序》曾论述：

> 若乃春风春鸟，秋月秋蝉，夏云暑雨，冬月祁寒，斯四候
> 之感诸诗者也。嘉会寄诗以亲，离群托诗以怨。至于楚臣去境，
> 汉妾辞宫。或骨横朔野，魂逐飞蓬。或负戈外戍，杀气雄边。
> 塞客衣单，孀闺泪尽。或士有解佩出朝，一去忘反。女有扬蛾
> 入宠，再盼倾国。凡斯种种，感荡心灵，非陈诗何以展其义？
> 非长歌何以骋其情？

其大意是，四时风物，纷纭人事，处处都有足以"感荡心灵"的理
由；当我们被深深感动着的时候，诗，就是最好的抒情方式，"非
陈诗何以展其义？非长歌何以骋其情？"可以看出，在钟嵘的眼里，
诗有着多么崇高的、不可替代的地位！

其实，钟嵘对诗的重视，在古代士大夫中是极为普遍的，因为
它本来就植根于我国古典文学极为深厚的土壤之上。这种诗歌的沃

壤，即便放眼世界，亦罕有其匹。当其他文体都还在蹒跚起步时，《诗三百》即横空出世，展现出仪静体闲的瑰丽容颜；后来的建安风骨、盛唐气象，或慷慨悲歌，或高华壮丽，一次又一次地掀起了壮美的诗潮。宋词、元曲乃至明清戏曲，均堪称"一代之文学"，而其诗性的底色则沿袭不改。

缘乎此，中国文人基本都是诗人，他们的血液里，流淌着丰厚的诗的基因。于是，边关烽火，羁旅愁思，风花雪月，繁华都市，荒村野店，乃至花鸟虫鱼、日常百趣，无往而非诗材，又无往而非诗意。他们可以吊古伤情，可以壮怀激烈，可以柔情缱绻，可以幽情单绪，甚至可以放浪形骸，然后一付于诗。诗，就像海纳百川一样，吞吐、包容甚至涵养着世间情怀；诗，就像巍巍慈母一般，接纳、疏解甚至迁就着世俗儿女。

但是，"诗言志"，诗更有着自己的独立品性。这种品性极为高贵，显得文质彬彬，温柔敦厚，"富贵不能淫，贫贱不能移，威武不能屈"，是"出淤泥而不染，濯清涟而不妖"，"香远益清，亭亭净植"。所以，中国文人对诗的态度，从来都是严肃的、审慎的、崇敬的。即便庙堂之高、江湖之远，甚至贫困潦倒、囚系牢狱，一旦付之于诗，就必须遵循诗的原则，合乎诗的品性，而不能稍有亵渎。

时移代易，千年时光过眼。当我们把典雅、蕴藉的古体诗，放在当今这个物欲纷纭的时代来审视时，总觉得有点格格不入的落差感。因为这个时代所要求的是物质的快速生产和消费，是感官的积极尝试和满足，而相对人的情感体验和精神境界，似乎只需浅尝辄止即可。当人心、人情都缺乏沉潜的深度和广度时，就容易出现各种乖戾行为，而这些，于深沉酝酿的诗歌而言，显然是有着较大落差的。

基于这样的认识，我以为，在我们这个时代，如果一个人能够严肃、认真地品诗、写诗，阐发自己对诗的理解，梳理诗歌传统，弘扬诗歌艺术，那就是可贵的，值得尊重的。因为他们至少在呵护着心灵的纯真与感动，坚守着个性精神的自由与尊严。也许，现实生活中的他们多是迫不得已、身不由己，但在作诗时，在诗境里，他们至少是暂时地实现了心灵的真实与个性的自由。再进一步讲，如果他们还能以诗为旗、以梦为马，将人生情怀与社会使命很好地结合起来，那么，古人所高扬的"诗言志"之理想，庶几可以实现。

二

《闲来集》是文有先生的古典诗词集。我与文有先生素不相识，今读其集而欲论其诗，似乎达不到古人所谓"知人论世"的要求。幸而其诗写作时间、地点、缘由等均有较为明确的交代，后记中对个人履历也有较多记述，所以，综合这些信息，还是能一定程度地做到"知人论世"的评论。总体来说，我对文有先生的诗有如下印象：

1. 作诗态度严肃认真。本集收录诗90余首，其诗体形式和创作缘由各有不同，但都体现出作者严肃认真的创作态度。比如，从抒情来说，作者抒发的都是生活中有感触、有沉淀的情，或感慨生命、心绪苍茫，或因景生情、颂美山川，或寂寞行旅、感怀友人等，都有着厚实的生活基础，而无应酬、宴乐之作。显然，作者是有意屏蔽了应酬、宴乐之作，他所肯定和推崇的，是有较深积淀的感情和较有底蕴的生活。诗如其人，诗歌呈现出的这种温柔、蕴藉、悠远的感情倾向，应该是文有先生人生情怀的写真。

2. 文有先生作诗取法唐诗，部分诗歌有意境，诗味浓郁。诗分唐、宋。唐、宋诗分别代表了古典诗歌的两种极致：唐诗以兴象风神取胜，所以意境圆融；宋诗以筋骨思理见长，故而议论风发。但就历来评价而言，显然以唐诗为高。所谓"取法乎上"，后来的诗人更多是从唐诗中汲取营养。文有先生的诗歌，显然是取法于唐诗，甚至有多处是直接借用了唐人诗句；这样的诗歌渊源，也使得他极力追求言有尽而意无穷的表达效果，部分描写也很有意境。如《归思》：

日暮催归鸟，斜晖照旅愁。

长风千万里，吹白少年头。

写差旅中的思家之情，但并未直呼愁怨，而是巧用意象——傍晚的归鸟、夕阳和长风来烘托，借景传情，再以旅人的华发飘零为关键衬映，非常合情而又含蓄地传达出了浓郁的思念，有四两拨千斤之效，颇具唐诗风神。

3. 就诗歌体裁而言，《闲来集》涵盖了古风、近体、词、曲四种主要的旧体诗，较为丰富。我个人认为，其中五、七言绝句和词之小令质量较优。前文已引其五言绝句一首，兹再例析一首七言绝句《栖凤塘》：

> 祁连雪暗白头翁，沙枣花开水榭东。
>
> 叹晚金花香暗袭，为谁独立月明中。

这应是作者黄昏时在校园水塘边的怀人之作，全诗以写景为主：祁连白雪反衬着暗淡华发，枣花、金花香气袭人，湖光台榭相互辉映，这似乎全都在写景；但末尾笔锋一转，一语反问，清晰而有力地传达出了怀人的主题，显得含蓄蕴藉，韵味无穷。

相较诗之语言整饬来说，小令词更显得活泼、清丽，如《长相思·秋语》：

> 角声残，笛声残。江阔天高山黛烟，鸿飞碧水澜。
>
> 秋月寒，秋风寒。明月星稀独倚阑，相思千重山。

词写秋日独倚栏杆的相思，语言清丽，浅显流畅，绘景如画，如诗如歌，蕴藉无穷。词之初起面貌，本就是流丽蕴藉的小令，在柳永等人铺排长调后，词体遂加长，慢调长词才得以产生。这首《长相思·秋语》可谓深得小令趣味。由此，也可以得出结论，文有先生的诗词所努力追求的，正是这种绘景如画、清新流丽而又含蓄蕴藉的风格，其所擅之胜场，当亦在此。

如果说《闲来集》中的诗歌有所局限的话，我以为，个别诗篇模拟痕迹稍嫌明显，此算其一。崇尚唐韵，这是本集的优胜之处，但也因此，个别篇目模仿、化用古人诗意、诗语明显，从而降低了创新度。本集诗歌以清丽晓畅见长，不过，有些诗句韵律、平仄、对仗不够精工，熟语太多，因而影响了诗风之流丽，此算其二。话说回来，文有先生从事化学教学近30年，其旧体诗之创作，殆业余耳；以业余而能有此高格之追求，且能屡造清妙之语，成此清雅之集，为河西文脉添彩，为当代诗坛增色，实乃堪欣堪喜、可钦可佩之举，我们乐见其成，恭贺其付梓！

余生也晚，粗识诗文，今不惮简陋，妄议如此，幸作者谅之，读者谅之！是为序。

杜志强

2019 年 3 月于兰州

目　录

（肆）散曲·偶得

跋：或者遇见

壹 古风·追怀

七　夕^①

银汉昭昭，夜落暗幕。^②

新月皎皎，秋降白露。^③

今夕何夕，又逢星侣。

隔海遥望，星河难渡。

流波脉脉，相见如初。

泪眼滢滢，相思渗骨。^④

微云乞巧，痴情难负。^⑤

人间天境，鹊桥仙路。

一晌贪欢，几许离苦。

牛郎织女，执手难去。

新愁断肠，不忍回顾。

柔情可待，朝朝暮暮。

①七夕：农历七月初七，传统节日，又称七夕节、七巧节、乞巧节、七姐诞。

②昭昭：明亮。语出《楚辞·九歌·云中君》："烂昭昭兮未央。"东汉王逸注："昭昭，明也。"

③皎皎：形容白而明亮。《古诗十九首》："明月何皎皎，照我罗床帏。"

④滢滢：晶莹、清澈貌。南宋范成大《湖口望大孤》："晃晃银色界，滢滢水晶宫。"

⑤乞巧：七夕风俗。东晋葛洪《西京杂记》："汉彩女常以七月七日穿七孔针于开襟楼，人俱习之。"

沙尘暴

朗朗晴空日，绝地风乍起。

风暴席戈壁，白昼顿黑漆。

漫漫黄沙帐，滚滚尘云袭。

呼啸如狼嚎，嘶音似鬼泣。

蹒跚人难行，趔趄马失蹄。①

狂扫斗石滚，肆掠树拔起。

土迷眉眼窝，颤抖展飘旗。

花语近失色，杨柳怨羌笛。②

①蹒跚：行步缓慢、摇晃跌撞。趔趄：身体歪斜、脚步不稳。

②羌笛：竖吹式管乐，主要用于独奏，源于古羌，至今已有 2000 多年历史。《说文·羊部》："羌，西戎牧羊人也，从人从羊，羊亦声。"可以肯定的是，古羌并不是一个民族，而是古代中原部落对广大西部地区迁徙农牧业族群的泛称。此处化用唐代王之涣《凉州词二首》其一"羌笛何须怨杨柳，春风不度玉门关"之句。

端　午

五月初五日，端午浴芳兰。

蛮腰坠锦囊，玉臂绕彩线。①

屋熏沙枣花，头戴柳叶圈。②

艾草门庭挂，荷包厅堂悬。

鼓催龙舟行，风吹云旗展。

痛饮雄黄酒，又食白玉团。③

香粽飘万里，烈士传千年。

烛香吊屈原，离骚在人间。

遥祭忠魂曲，一跃千古寒。

①蛮腰：指善舞女子的细腰。语出白居易赞美姬人樊素、妓人小蛮之诗："樱桃樊素口，杨柳小蛮腰。"

②沙枣：又称银柳、刺柳、香柳、桂香柳等，西北地区常见树种，其花芬芳，具肉可食。柳叶圈：柳枝编成的环形草帽。插艾草、沙枣，戴荷包、柳叶圈，以及吃粽子、饮雄黄酒等，均为北方端午节传统风俗。

③白玉团：喻指白米粽。参见唐代元稹《表夏》诗之十："彩缕碧筠粽，香粳白玉团。"

青海行

雪域七月里，苍穹高原蓝。

无际油菜花，满目黄金田。

风摇青稞穗，黄翠嵌远山。

驱车攀日月，缠绕白云边。[①]

登临卓尔巅，静听松涛远。

策马西风啸，独赏大湖畔。

蔚蓝天际线，水色共一天。

上下水接天，碧翠芳草甸。

茶卡天之镜，人影倒入盐。[②]

大美祁连景，天堂坠人间。

①日月：指日月山。属祁连山脉，坐落于青海省西宁市湟源县西南 40 千米，是青海湖东部的天然水坝。藏语称之为"尼玛达哇"，蒙古语称之为"纳喇萨喇"，都是太阳和月亮的意思。

②茶卡：即茶卡盐湖，又称达布逊淖尔，位于青海省海西蒙古族藏族自治州乌兰县，是柴达木盆地四大盐湖之一，素有"天空之镜"之称。"茶卡"是藏语，意为盐池；"达布逊淖尔"是蒙古语，亦指盐湖。

贰 唐韵·履迹

夜饮长沙

小序：2016年12月25日，出差株洲。赖同学闻讯，自广东赶来，经年不见，犹未相忘；如今相逢，感慨万千。何以抒怀？唯有杜康。午捧桂花佳酿，追忆逝水年华；夜饮醴泉老酒，奋发中年意气。意犹未尽，而人已酩酊。夜归，醉宿长沙。咏以记之。

我为西北郎，大笑走天涯。

狂饮醴泉酒，醉卧在长沙。[1]

①醴泉：指醴泉井，位于湖南省醴陵市城北姜岭北麓，"醴泉浸月"素与"状元寺洲""金鱼烟雨""剑石含霜""东台集凤""南屏耸翠""圣池瑞绿""白鹤晴岚"并称"醴陵古八景"。《湖南通志·名胜志》："（醴陵）县北有陵，陵下有井；涌泉即醴，因以名县。"其说未必可靠，但与甘肃酒泉因"城下有泉""其水若酒"而得名之说，似有异曲同工之妙。醴陵自古出产名酒、贡酒，南朝《荆州记》载："渌水出豫章康乐县，其间乌程乡有酒官，取水为酒，酒极甘美。"唐代诗人李贺对此亦有诗云："尊有乌程酒，劝君千万寿。"

长沙怀古

岳麓山辉楚天阔，望江亭上望江流。①

云中君子随风去，橘子洲头叹晚秋。②

---

①岳麓山：古称灵麓峰，南岳衡山72峰之最后一峰，位于湖南省长沙市岳麓区湘江西岸，现为国家旅游景区，包括岳麓山、橘子洲、岳麓书院、新民学会四个核心景区。望江亭系橘子洲景点之一。

②云中君子：即云中君，语出屈原《九歌·云中君》。在屈原笔下，云中之祀为一男性，号"云中君"。东汉王逸《楚辞章句》题解说："云中君，云神丰隆也。一曰屏翳。"马茂元等《楚辞注释》也说丰隆、屏翳为同一神明。江陵天星观一号楚墓出土的战国祭祀竹简亦有"云君"一词，应为"云中君"之简称，或谓云神之别称。

三月三过天水

秦岭人家柳叶风，渭河两岸桃花雨。

瀛洲千尺临云端，崖佛落霞十里路。①

①瀛洲：古代神话传说中的仙山。《史记·秦始皇本纪》载："齐人徐市（徐福）等上
　书，言海中有三神山，名曰蓬莱、方丈、瀛洲，仙人居之。请得斋戒，与童男女求
　之。"崖佛：指甘肃省天水市麦积山风景名胜区的仙人崖大佛。仙人崖山巍、水秀、
　崖俊、林密，相传过去常有高人隐居于此修行，故名仙人崖。

过武都

春花三月下阶州，细雨和风上翠楼。①

白龙化马西域去，桃红空叹水东流。②

①阶州：古地名，即今甘肃省陇南市武都区，系先秦文化、巴蜀文化、氐羌文化交汇
之地，素有"秦陇锁钥""巴蜀咽喉"之称。先秦时期，置武都道；西汉元鼎六年
（前111年），置武都郡；西魏大统元年（535年），改置武州；唐景福元年（892
年），更名阶州；元时为直隶州；明洪武四年（1371年）降为阶县，洪武十年
（1377年）复升为阶州；清雍正七年（1729年），升为直隶州，领文、成二县；民
国二年（1913年），改为武都县；1949年12月9日，武都解放；2004年，武都
县改设为武都区。

②阶州（即武都）位于白龙江流域，此句由白龙江联想到《西游记》关于白龙马的传
说有感而发。

初春过甘南

一路风尘一路雨，半山苍翠半山雪。

空濛云殿草青青，凝碧夏河圆月缺。[①]

①夏河：即大夏河，古名漓水，藏语称"桑曲"，系黄河一级支流，源于甘南高原甘、
　青交界的大不勒赫卡山南北麓，南源桑曲却卡，北源大纳昂，在夏河县桑科乡汇沅
　之后，始称大夏河。流经夏河县、临夏县、临夏市、东乡县，汇入黄河，全长203
　千米，流域面积7152平方千米。

痴　心

少年走在青山外，痴爱笑谈西域郎。

无与伦比是天水，人生归结最斜阳。

归 思

日暮催归鸟，斜晖照旅愁。

长风千万里，吹白少年头。

曹妃甸怀古①

渤海湾头水天泊，曹妃甸上碧桃坡。

离殇玉损谁怜梦，一夜唐君白发多。

荒冢孤坟悲戚戚，香魂独殿泪婆娑。

寄情明月照沧海，潋滟清光荡素波。②

①曹妃甸：又名沙垒甸，地处河北省唐山市南部沿海（原为唐海县），为古滦河入海冲积而成，至今已有5500多年历史。相传唐王李世民曾在此救过一名被叛军调戏的渔家姑娘，久伴生情，封为贵妃（即曹妃）。后因连年征战，曹妃终被唐王遗忘，孤老于荒岛。当地渔民遂建"曹妃庙"以示纪念，从此这座荒岛得名"曹妃甸"。

②潋滟：水波荡漾的样子。《文选·木华〈海赋〉》："浟湙潋滟，浮天无岸。"唐代李善注曰："潋滟，相连之貌。"温庭筠《郭处士击瓯歌》："佶傈金虬石潭古，勺陂潋滟幽修语。"方干《题应天寺上方兼呈谦上人》："势横绿野苍茫外，影落平湖潋滟间。"苏轼《饮湖上初晴后雨二首》："水光潋滟晴方好，山色空濛雨亦奇。"无名氏《鸣凤记·邹林游学》："湖光潋滟接晴空，山色有无中。"

春登唐山凤凰山①

凤凰山上凤凰楼，凤凰台前春水流。

朝饮醴泉花碧树，暮栖梧桐岫云浮。②

一潭桃水龙山阁，五彩羽衣烟雨舟。

太岳云遮故乡处，酒泉路远使人愁。③

①凤凰山：国内称凤凰山者，多达数十处，此处特指河北省唐山市凤凰山。该山原名双凤山，因前山形如凤凰展翅而得名。古朴典雅的八角重檐凤凰亭矗立山巅，登二楼平台瞭望，唐山市区可一览无余。

②岫云：指飘荡于峰峦之间的云雾。东晋陶渊明名篇《归去来兮辞》："云无心以出岫，鸟倦飞而知还。"宋代刘子翚诗《赠总上人兼简无求居士二首》其一："无求已得心空乐，更作无心出岫云。"

③太岳：即太岳山，又名霍山、霍太山，位于山西省中南部，祭天名山"五镇"之"中镇"，最高海拔 2566.6 米。早在氏族社会时期，人们曾以为这座拔地而起的大山是华夏第一高峰，故冠以"太"字。

春　愁

有泪花魂最惜春，无痕岁月催容老。

繁花零落香尘消，人到情深独自恼。

江　湖

明月天涯刀，流星蝴蝶剑。

人生有不平，一笑江湖谦。

春 雪

小序：时值春末，自兰州乘车回归酒泉。行至祁连山区，尚是大雪飞扬；进入河西走廊，却是细雨蒙蒙；到酒泉时，皓月中天。一段行程，不同季节，恍若穿越，遂有感而发。

胡地六月乱飞雪，朝戴青纱暮裹袄。①

汉塞不识杨柳面，胡笛一曲春花老。②

祁连山上雪茫茫，嘉峪关前月皓皓。

欲皱眉头有几愁，无穷瀚海接芳草。

①胡地：古代泛称北方和西方各族居住的地方。

②胡笳：我国古代北方民族的一种乐器，形似笛子，可用于独奏、器乐合奏或乐队伴
　奏。此处借指与《胡笳十八拍》（乐府名诗，相传为蔡琰所作，一说为民间作品）同
　名的琴歌，其音乐委婉悲伤，撕裂肝肠。

夜　思

沉醉酣高楼，轻云蔽月缺。

蹉跎半百时，满面风霜雪。

酒泉曲

雨歇风尘云暗暮，寒烟叠翠柳低垂。

长风万里送悲客，只有相思无尽时。

西　湖

苏堤柳飞絮，倦客梦归去。①

倚槛几多愁，断桥碧波处。②

---

①苏堤：旧称苏公堤，因纪念苏东坡治理西湖的功绩而得名。现长 2797 米，上有映波、锁澜、望山、压堤、东浦、跨虹六桥，古朴美观。南宋以来，"苏堤春晓"已名冠西湖十景。

②断桥：即西湖断桥，位于白堤东端，据说最初建于唐代，中国民间爱情传说《白蛇传》的故事即发生于此。今桥为 1941 年重建，桥畔有"云水光中"水榭和断桥残雪碑亭，其中"断桥残雪"亦为西湖十景之一。

栖凤塘①

祁连雪暗白头翁，沙枣花开水榭东。②

叹晚金花香暗袭，为谁独立月明中。③

---

①栖凤塘：位于酒泉职业技术学院校园深处，与卧龙塘隔堤相望，构成了沁园（校内公园名称）的主要景观。池中长满荷花，池畔有沙枣树点缀于草木之间，花开时节，暗香盈盈。

②祁连：指祁连山，位于青海省东北部与甘肃省西部边境。"祁连"系匈奴语，匈奴呼天为"祁连"，祁连山即"天山"之意。因位于河西走廊之南，终年积雪，历史上亦称南山、雪山、白山等。

③金花：喻指沙枣花。沙枣花花被呈钟状或漏斗状，先端4裂，外面银白色，里面黄色，故称金花。

梧桐园①

微雨寻芳径，西园翠柳深。

蛙鸣芦叶下，溪入海棠林。

①梧桐园：为肃州园林景观，位于甘肃省酒泉市市政大厦西南一隅，占地109亩（1亩≈666.67平方米），2009年建成。

春日游园

雾霭湖漪薄羽纱，凌波黄鸭醉烟霞。

谁怜高阁春庭月，岁岁年年照落花。

雨后夕阳

水光潋滟映青天，风倦黑云青海间。

一道残阳穿暗暮，彤云赤焰火烧山。

仲夏晨雨①

惊雷天泼水，骤雨柳斜头。

云暗悲风急，庭空逝水流。

落花终遗恨，梦醒锁高楼。

任打海棠叶，树烟共缘愁。

①仲夏：夏季的第二个月，即农历五月。孟、仲、叔、季，本指兄弟姊妹的长幼顺序，
孟为最长，季为最幼。《左传·隐公元年》有云"惠公元妃孟子"，孔颖达疏："孟
仲叔季，兄弟姊妹长幼之别字也，孟、伯俱长也。"春夏秋冬每季包含孟、仲、季三
月，一年共有四个季月，故称作"四季"。《书·尧典》："日永星火，以正仲夏。"
清代洪昇《长生殿·闻乐》："时当仲夏，为何这般寒冷。"

西宁曲

草长鸢飞湟水行，山蒙细雨始方晴。[①]

青春流翠轻伤别，白发行云空立名。

离去少年风卷絮，归来倦客月孤明。

花开花落无穷尽，人往人来故国情。[②]

①鸢：俗称老鹰，鸟类，鹰科。头顶及喉部白色，嘴带蓝色，体上部褐色，微带紫，两翼黑褐色，腹部淡赤，尾尖分叉，四趾都有钩爪，捕食蛇、鼠、蜥蜴、鱼等。《诗经·大雅·旱麓》："鸢飞戾天，鱼跃于渊。岂弟君子，遐不作人。"南朝吴均《与朱元思书》："鸢飞戾天者，望峰息心。"

②故国：借指故乡、家乡。杜甫《上白帝城二首》其一："取醉他乡客，相逢故国人。"曹邺《送郑谷归宜春》："无成归故国，上马亦高歌。"苏轼《念奴娇·赤壁怀古》："故国神游，多情应笑我，早生华发。"苏曼殊《吴门依易生韵》之十："故国已随春日尽，鹧鸪声急使人愁。"

西宁别

无言沉酒对江山，挥泪别离湟水前。

远去天涯潇潇雨，一朝一醉是忘川。

秋　吟

云海苍茫烟雨涛，寒风凄冷路迢迢。

祁连窗外千秋雪，汉阙台前万顷潮。

一顾惊鸿秋水暗，双眸流彩娥眉娇。

人间惆怅归何处，霜伴愁心明月昭。

夏夜微雨

把酒言欢栖凤树，梧桐园外斜阳暮。

花开花落花枝残，月缺月圆月晨露。

倦客悲歌念远山，故人寂寞思长路。

淡看醉眼笑红尘，谁说终生莫愁误。

大　雪

飞雪穿窗幕，琼花接树端。

小园踪迹绝，湖水玉冰寒。

贵德行①

小序：2017 年夏，昔日同窗自天南地北约聚贵德。百年梨园，万年友谊；载歌载舞，把酒言欢。席间，无论男女，憨态可掬，仿佛回到了青春年少时光。子夜有感，诗以记之。

天水流过贵德湾，持杯醉老拉脊山。②

黄河少女迎微浪，苍莽云天碧水间。③

①贵德：指贵德县，隶属青海省海南藏族自治州，位于青海省东部，地处黄河上游龙羊峡与李家峡之间，黄河由西向东横贯县境，素有"高原小江南""梨都之乡""西宁后花园"之誉。

②天水：喻指黄河。李白《将进酒》开篇："君不见，黄河之水天上来，奔流到海不复回。"拉脊山：又称拉鸡山，位于贵德县境内，属日月山支脉，藏语称"贡毛拉"，意为嘎拉鸡（石鸡）栖息的地方。

③苍茫：无边无际的样子。北宋苏辙《黄楼赋》："山川开阖，苍茫千里。"清代刘献廷《广阳杂记》卷四："汉水之西南，距大别之麓，皆湖渚，茭芦菱茨，弥漫苍茫。"

白　露

黄菊漫谈秋月好，不知秋月见人老。

清风萧瑟露霜寒，花蕊凝珠空落早。

霞　天

浩浩乾坤乱雨间，苍苍日月鬓霜前。

斜晖啼鸟千山暮，霞破青云独倚天。

秋 怀

碧云红叶天，白露黄花地。^①

落雨打残荷，含愁秋梦里。

①碧云：青云；碧空中的云。南朝江淹《休上人怨别》：“日暮碧云合，佳人殊未来。”
张铣注：“碧云，青云也。”黄花：指菊花。《礼记·月令》载：“（季秋之月）鞠有
黄华。”陆德明释文：“鞠，本又作菊。”历代文人往往以菊花入诗，如朱淑真的《菊
花》：“土花能白又能红，晚节犹能爱此工。宁可抱香枝上老，不随黄叶舞秋风。”王
安石的《黄花》：“四月扬州芍药多，先时为别苦风波。还家忽忽惊秋色，独见黄花
出短莎。”李清照的《醉花阴·薄雾浓云愁永昼》：“莫道不销魂，帘卷西风，人比
黄花瘦。”徐渭 的《画菊》：“东篱蝴蝶闲来往，看写黄花过一秋。”毛泽东的《采桑
子·重阳》：“今又重阳，战地黄花分外香。”不胜枚举。

寒　露①

关山秋草黄，塞北逆风凉。②

滢滢玉珠露，纤纤金叶杨。③

丹枫晨映彩，白菊晚侵芳。

归雁无留意，登高望故乡。

①寒露：二十四节气之一，介于秋分与霜降之间。元代吴澄所撰《月令七十二候集解》曰："九月节，露气寒冷，将凝结也。"寒露分三候：一候鸿雁来宾；二候雀入大水为蛤；三候菊有黄华。民俗以赏菊、登高为主。

②关山：关隘山岭。《木兰诗》："万里赴戎机，关山度若飞。"《琵琶记·南浦嘱别》："眼巴巴望着关山远，冷清清倚定门儿盼。"塞北：边塞以北，古代以长城为界，界北地区即为塞北。南朝江淹《侍始安王石头城》："何如塞北阴，云鸿尽来翔。"隋代江总《赠贺左丞萧舍人》："江南有桂枝，塞北无萱草。"清代吴伟业《赠辽左故人》："雁去雁来空塞北，花开花落自江南。"

③金叶杨：指胡杨。胡杨又称胡桐、水桐、变叶杨、异叶杨、三叶树等，杨柳科杨属落叶乔本，主要分布于中国西北大漠及其他干旱沙化区。维吾尔语称胡杨为托克拉克，意即"最美丽的树"。

秋夜忆故人

万里悲风树草鸣，寒烟薄暮恨愁生。[①]

清云惨淡月凄冷，一片伤心说不成。

---

①薄暮：指傍晚，太阳快落山的时候，常用以比喻人之将老或人之暮年。屈原《楚
辞·天问》："薄暮雷电，归何忧？厥严不奉，帝何求？"鲍照《日落望江赠荀丞》：
"旅人乏愉乐，薄暮增思深。"杜甫《薄暮》："江水长流地，山云薄暮时。"韩愈《感
春五首》之五："清晨辉辉烛霞日，薄暮耿耿和烟埃。"

月全食

小序：2018 年 1 月 31 日，夜饮而归，偶见东方天幕月影变换，初为血色，后而转蓝，方知巧遇月全食，且成"超级月亮""血月""蓝月亮"三合一的罕见奇观，遂借酒咏之。

白雪茫茫陌上草，庭堂玉树琼花好。①

西风侵冷夜归人，穹宇血梅蓝月老。②

①琼花：又称聚八仙、蝴蝶花、牛耳抱珠、木本绣球，忍冬科落叶、半常绿灌木，国内主要分布于江苏南部、安徽西部、浙江、江西西北部、湖北西部及湖南南部，一般于四、五月间开花，花大如盘，洁白如玉。

②穹宇：天宇、天空。明代胡应麟《少室山房笔丛·丹铅新录引》："今所撰诸书，盛行海内，大而穹宇，细入肖翘，耳目八埏，靡不该综。"清代赵翼《响水塘》："天下瀑布皆下垂，兹独仰敞向穹宇。"

冬登终南山①

人间何处又春秋，两鬓寒霜乘桂舟。②

看惯岁华东逝水，斜阳晚照几多愁。

①终南山：又名太乙山、地肺山、中南山、周南山，简称南山，位于陕西省境内秦岭山脉中段，主峰海拔 2604 米，素有"仙都""洞天之冠""天下第一福地"之美称。宋人所撰《长安县志》载："终南横亘关中南面，西起秦陇，东至蓝田，相距八百里，昔人言山之大者，太行而外，莫如终南。"

②桂舟：用桂木造成的船。屈原《楚辞·九歌·湘君》："美要眇兮宜修，沛吾乘兮桂舟。"东汉王逸注："犹乘桂木之船，沛然而行。"后亦用作对舟船的美称。北周庾信《奉和浚池初成清晨临泛》："时看清雀舫，遥逐桂舟回。"唐代杨炯《青苔赋》："桂舟横兮兰枻触，浦溆邅回兮心断续。"

旅　思

小序：2018 年新年伊始，得赴金陵出差。途经八百里秦川，正遇鹅毛大雪，铺天盖地，一片苍茫。遂生旅思。

白雪覆长河，西风侵古道。

三秦走马川，冷月浮生老。^①

---

①三秦：陕北、关中、陕南并称"三秦"，泛指陕西。关中一带在春秋战国时为秦国治地，简称"秦"，并将横贯陕西中部的主要山脉称作"秦岭"，将渭河平原称作"秦川"。后因项羽将潼关以西的关中地区一分为三，分封诸侯，"三秦"逐步成为陕西的统称。《史记·项羽本纪》："是时，汉还定三秦。"

除　夕

今夜惜今夕，相思落几家。

烛红辞旧岁，春色入灯花。

岁末夜怀

小序：戊戌狗年除夕，古城肃州火树银花、霓虹贯空。子夜时分，更是鞭炮齐鸣，庆万家团圆、九州祥瑞。守夜至五更，不禁感怀。新的一年，唯愿光阴含笑、众生安康。

爆竹声声辞旧岁，摇红烛影慰星辰。

今生今夜惜今夕，明日明年忆故人。

回首云烟虚度华，半生雨露空怀真。

愿随箫笛梅花弄，吹绿天涯十里春。

大像山月夜①

春月铅华青黛远，薄烟翠雾笼星天。

暖风已把人熏醉，更有浮香送洛川。②

①大像山：位于甘肃省天水市甘谷县城西南 2.5 千米处。山峦正看如旗，横看如龙，因山中悬崖间峭壁上有大洞窟一个，洞内有一石胎泥塑大佛而闻名。其石窟造像可远溯至北魏，但具体年代无从稽考。

②洛川：特指甘肃省天水市武山县洛门镇一带的平川。

春雪归途

飞雪黄昏后，晚来天气晴。

月光照寒宇，琼树伴归程。

甘谷行

春归柳烟翠，我敬桃红媚。

回首望楼台，夕阳陇山醉。

叹　春

子规啼血客思归，一点愁怀柳絮飞。①

梨白桃红海棠艳，繁花零落夕阳晖。②

---

①子规：也叫杜鹃鸟、布谷鸟、杜宇、催归等，传说为蜀帝杜宇的魂魄所化，鸣声凄
　切，常借以抒写悲苦哀怨之情。唐代杜甫《子规》："两边山木合，终日子规啼。"
　李白《闻王昌龄左迁龙标遥有此寄》："杨花落尽子规啼，闻道龙标过五溪。我寄愁
　心与明月，随君直到夜郎西。"宋代向子諲《秦楼月·芳菲歇》："空啼血，子规声
　外，晓风残月。"陈亮《水龙吟·春恨》："正销魂，又是疏烟淡月，子规声断。"

②晖：本意为日色、阳光，泛指光辉，此处取光彩照耀之意。《庄子·天下》："不侈
　于后世，不靡于万物，不晖于数度。"南朝梁元帝《与萧挹书》："唯昆与季，文藻相
　晖。"其中晖字均为光彩照耀之意。

清　明

春日空晴柳色闲，空枝四月草平川。

谁人能识春风面，一夜吹开花树千。

祭　父

小序：父母在，人生尚有来处；父母去，余生只剩归途。遥寄哀思，愿逝者安息、生者勇行。

我悲逝父清明夜，守魄红尘灯盏花。

春吹晓寒斜月柳，一摇泪别到天涯。

金城春行①

春陇金城思酒家，依依别梦乱飞花。

谁怜皎洁闲庭月，三五盈盈柳影斜。

①金城：甘肃省兰州市别称。关于金城的来历，主要有以下说法：其一，掘地得金之说，传说当初人们"筑城时掘地得金"，故命名"金城"；其二，地势险要之说，金城自古为战略要地，是通往河西走廊和青海的咽喉之地，一面为河，一面为山，地势险要，因此取"金城汤池"的典故，命名为"金城"；其三，五行属金之说，兰州位于京城长安之西，西方属金，故称"金城"；其四，汉代设郡之说，昭帝始元六年（公元前81年）曾取天水、陇西、张掖三郡部分属地设置金城郡，其中金城县即在今兰州城区以南，故称"金城"。

暮春感怀

金缕纤纤柳絮飞，落红无语对斜晖。①

离歌散去芳菲尽，夕照愁云倦鸟归。②

①金缕：金丝，此处喻指嫩黄柳枝。宋代史介翁《菩萨蛮·柳丝轻飏黄金缕》："柳丝轻飏黄金缕，织成一片纱窗雨。"宋代袁去华《安公子·弱柳丝千缕》："弱柳丝千缕。嫩黄匀遍鸦啼处。"

②离歌：伤别之歌。南朝何逊《答丘长史》："宴年时未几，离歌倏成赋。"唐代骆宾王《送王明府参选赋得鹤》："离歌凄妙曲，别操绕繁弦。"宋代周邦彦《点绛唇·仙吕》："征骑初停，酒行莫放离歌举。"明代刘基《送羁士贾思诚还浙东》之一："西风袅袅水鳞鳞，一曲离歌泪满巾。"

钟鼓楼①

夏凉浓荫河边柳，微雨潇潇钟鼓楼。

晓雾连天接寒水，一歌离去叹江流。

---

①钟鼓楼：指酒泉钟鼓楼，位于甘肃省酒泉市肃州区城中央。始建于东晋穆帝永和二
年（前凉永乐元年，即346年），初为东城门；扩建于明洪武二十八年（1395年），
改为鼓楼。明代中后期，逐渐演变成肃州城中心。

泉湖月夜①

水映斜晖落院墙，荷花镜照暗流芳。

一弯清月愁如织，醉梦浮生逐莹光。

①泉湖：指西汉酒泉胜迹，位于甘肃省酒泉市肃州区城东，历史上曾称为"泉湖公园"。为河西走廊唯一一座保存完整的汉式园林，迄今已有2000多年历史。园内有泉有湖，有山有石，建有酒泉胜迹、月洞金珠、西汉胜境、祁连澄波、烟云深处、曲苑餐秀、花月双清、芦伴晚舟等八大景区。古树名木，参天蔽日；亭台楼阁，雕梁画栋，素有"塞外江南""瀚海明珠"之美誉。

九里堤①

绿堤怀玉水生光，荷影戏风十里香。

明月寄情归隐处，清歌依旧送微凉。

①九里堤：指九里堤公园，位于四川省成都市金牛区境内。九里堤起初为一处防水工
程，后演变为周边区域地名。《成都县志》载："县西北十里，其地洼下，水势易趋，
汉诸葛孔明筑堤九里捍之。宋太守刘熙古再加以重修。"

登望江楼①

暗雨云埋千万家，半江锦水一城花。

望江楼外竹烟碧，无限青山醉紫霞。

①望江楼：位于四川省成都市武侯区望江楼公园，在城东九眼桥锦江南岸，主要建筑
　包括望江楼（又名崇丽阁）、濯锦楼、浣笺亭、五云仙馆、流杯池和泉香榭等，系明
　清两代为纪念唐代女诗人薛涛所建。

成都别

挥别西山雨，朝辞锦绣城。①

青烟连翠树，白水绕归程。

剑阁高云出，秦川凄草生。②

天涯斜照处，万里故人情。

①锦绣城：指四川省成都市。成都素有锦城、锦官城之称。三国蜀汉时期，成都以
蜀锦出名，蜀汉王朝曾设锦官并筑城池保护蜀锦生产，由此得名。一说因城内芙
蓉繁花似锦而称锦城。按宋代张唐英所著《蜀梼杌》记载："城上尽种芙蓉，九月
盛开，望之皆为锦绣。"另从杜甫《春夜喜雨》"晓看红湿处，花重锦官城"一句
亦可见一斑。

②剑阁：指剑门关，位于四川省剑阁县城南。李白《蜀道难》："剑阁峥嵘而崔嵬，一
夫当关，万夫莫开。"

夏游草堂①

锦江林密草堂蝉，槐树繁音乱噪眠。②

雾起荷塘云暗度，落珠打叶水生烟。③

①草堂：指杜甫草堂，位于四川省成都市青羊区，是杜甫流寓成都时的故居。最初由唐末诗人韦庄寻得遗址并重结茅屋，至宋、元、明、清，历代都有修葺、扩建。1955年成立杜甫纪念馆，1985年更名为成都杜甫草堂博物馆。

②锦江：岷江流经成都市区的河流，命名源于"濯锦之江"之说。锦江上游为府河、南河两大支流，至合江亭处合二为一。李白《上皇西巡南京歌十首》其六："濯锦清江万里流，云帆龙舸下扬州。"其七："锦水东流绕锦城，星桥北挂象天星。"杜甫《登楼》："锦江春色来天地，玉垒浮云变古今。"

③珠：喻指雨点、雨珠。白居易《琵琶行》"嘈嘈切切错杂弹，大珠小珠落玉盘"之句，也是以珠喻雨。

七　夕

银河落暗幕，晨起降秋露。

今夕为何生，鹊桥架仙路。

冬　至

凌雪逢冬至，逆风寒作身。

孤灯伴昏影，天际远行人。

冬　夜

风扫千山雪，冰寒百尺楼。

高原静无迹，明月亦悠悠。

雪　月

空树鸟飞绝，雪园人迹灭。

纤云染北辰，霜籁月明洁。

叁 琴趣·即兴

如梦令·沐雨赏春①

凭槛落虹暮雨，尽染花红无数。

眠醉海棠时，探问梨园深处。

出路，出路。双燕呢喃轻诉。

①如梦令：词牌名，又名忆仙姿、宴桃源、无梦令等。以五代后唐李存勖《忆仙姿·曾宴桃源深洞》为定格，单调三十三字，七句五仄一叠韵。另有三十三字六仄韵，三十三字四仄韵一叠韵，三十三字五平韵一叠韵，以及六十六字五仄韵一叠韵的变格。代表作有李清照《如梦令·常记溪亭日暮》等。

采桑子·月夜^①

谁怜辛苦天台月？

圆也相思，缺也相思。

千里婵娟魂梦离。

情人最苦怨遥夜。

月夜何时，月色何时。

千古离愁肠断辞。

①采桑子：词牌名，又名丑奴儿令、丑奴儿、罗敷媚歌、罗敷媚等。以晚唐和凝《采
桑子·蝤蛴领上诃梨子》为定格，双调四十四字，上下阕各四句三平韵。另有
四十八字上下阕各四句两平韵一叠韵；五十四字上阕五句四平韵，下阕五句三平韵
的变格，代表作有欧阳修《采桑子·群芳过后西湖好》等。

江城子·饮酒①

金樽玉盏琥珀光，酌椒浆，饮琼芳。②

交错觥筹，斗酒百千觞。

进濺瑶池甘露液，刘伶醉，又何妨。

烂泥昏睡湿罗裳，卧空床，面桃霜。

梦醒忘川，初月上西厢。

捧酒劝君须长醉，千愁解，好儿郎。

①江城子：词牌名，又名村意远、江神子、水晶帘等。兴起于晚唐，来源于唐著词曲调，由文人韦庄最早依调创作，此后所作均为单调，直至北宋，苏轼始变单调为双调。其格式，有单调四格，字数有三十五、三十六、三十七三种；双调一体，七十字，上下阕各七句五平韵。格律多为平韵格，双调偶有填仄韵者。代表作有苏轼《江城子·密州出猎》《江城子·乙卯正月二十日夜记梦》及秦观《江城子·西戎杨柳弄春柔》等。

②金樽：古代盛酒的器具，以金为饰。李白《将进酒》中有"人生得意须尽欢，莫使金樽空对月"，《行路难》中有"金樽清酒斗十千"，清代弘昼《金樽吟》中有"世事无常耽金樽，杯杯台郎醉红尘"的诗句，都是对金樽的描写。

如梦令·水云间

邂逅碧桃晨露，咤紫嫣红几度。①

若有水云间，晶莹海棠何处？

飞絮，飞絮，谁与春风归去。

①碧桃：桃树的一种，又称千叶桃花，落叶小乔木，花重瓣，不结实，供观赏和药用。唐代郎士元《听邻家吹笙》："重门深锁无寻处，疑有碧桃千树花。"明代顾起元《客座赘语·花木》："碧桃有深红者，粉红者，白者，而粉红之娇艳尤为复绝。"清代孙枝蔚《别眄柯园》："银杏百年树，碧桃千朵花。"

眼儿媚·清华园怀古①

一园风月同春暖，雨坠荷塘畔。

草藤芳翠，柳丝鹅缕，玉花侵嫚。

登高极目愁空满，燕飞香尘远。

清华水木，绮春斜照，圆明残叹。②

①眼儿媚：词牌名，又名秋波媚、小阑干、东风寒等。以宋代阮阅《眼儿媚·楼上贵
　　昏杏花寒》为定格，双调四十八字，上阕五句三平韵，下阕五句两平韵。另有双调
　　四十八字，上下阕各五句三平韵的变格。代表作有王雱《眼儿媚·杨柳丝丝弄轻
　　柔》、贺铸《眼儿媚·萧萧江上荻花秋》、赵佶《眼儿媚·玉京曾忆昔繁华》、赵长卿
　　《眼儿媚·南枝消息杳然间》等。

②绮春：指绮春园，曾称交辉园、春和园、万春园，位于圆明园和长春园以南，面积
　　800 余亩，由若干小园合并而成，分建于不同时期。道光初年以后，绮春园基本成
　　为大清国太后、太妃们的园居之地。

卜算子·端午①

苍山青黛前，独立高楼久。

日暮庭前双燕绕，归雀鸣丝柳。

汩罗忆忠魂，倦客空回首。

荷粽香囊人闲愁，寂寞雄黄酒。

①卜算子：词牌名，又名百尺楼、眉峰碧、楚天遥等。以苏轼《卜算子·黄州定慧院寓居作》为定格，双调四十四字，上下阕各四句两仄韵。另有双调四十四字，上下阕各四句三仄韵，以及双调四十五字，上阕四句两仄韵、下阕四句三仄韵等变格。代表作有陆游《卜算子·咏梅》、毛泽东《卜算子·咏梅》等。

鹧鸪天·沙枣花①

沙枣花开梦魂乡，林荫叠翠暮烟凉。

迎朝银柳笼明月，叹晚金花浮暗香。

一时醉，又何妨，清风摇影覆空窗。

离人酒照残花泪，回首平生空断肠。

①鹧鸪天：词牌名，又名思佳客、思越人、醉梅花、半死梧、剪朝霞等。定格为晏几道
《鹧鸪天·彩袖殷勤捧玉钟》，双调五十五字，上阕四句三平韵，下阕五句三平韵。代表
作有夏竦《鹧鸪天·镇日无心扫黛眉》、柳永《鹧鸪天·吹破残烟入夜风》、苏轼《鹧鸪
天·林断山明竹隐墙》、晏几道《鹧鸪天·一醉醒来春又残》、秦观《鹧鸪天·枝上流莺
和泪闻》、贺铸《鹧鸪天·重过阊门万事非》等。

相见欢·花雨①

几重丝路花红，舞春风，

不忍华年锦瑟梦成空。②

胡尘绝，泪成血，思无穷，

都在红尘滚滚月明中。

---

①相见欢：词牌名，又名乌夜啼、忆真妃、月上瓜洲等，多咏离愁。以唐末薛昭蕴《相见欢·罗襦绣袂香红》为定格，双调三十六字，上阕三句三平韵，下阕四句两仄韵两平韵。另有上阕三句三平韵、下阕四句一叶韵一叠韵两平韵和上阕三句三平韵、下阕三句两平韵等变格。代表作有李煜《相见欢·无言独上西楼》、朱敦儒《相见欢·金陵城上西楼》、纳兰性德《相见欢·微云一抹遥峰》等。

②锦瑟：瑟为古代拨弦乐器，锦瑟为漆有织锦纹的瑟。仇兆鳌注引《周礼·乐器图》："饰以宝玉者曰宝瑟，绘文如锦者曰锦瑟。"李商隐诗《锦瑟》："锦瑟无端五十弦，一弦一柱思华年。"龚自珍词《浪淘沙·有寄》："我自低迷思锦瑟，谁怨琵琶？"今人常以锦瑟年华比喻青春时代。

忆秦娥·金陵秋月①

落星楼，秦淮月照秦娥愁。②

秦娥愁，夜长梦断，箫咽催舟。

华年锦瑟水空流，一潭烟雨寒山柔。

寒山柔，黄花依旧，新月如钩。

①忆秦娥：词牌名，又名秦楼月、碧云深、双荷叶等。世传由李白首制此词，因"秦娥梦断秦楼月"句而得本名。双调四十六字，有仄韵、平韵两体：仄韵格为定格，多用入声韵，上下阕各五句三仄韵一叠韵。代表作有李白《忆秦娥·箫声咽》、李清照《忆秦娥·临高阁》、贺铸《忆秦娥·晓朦胧》等。

②落星楼：亦称星楼，位于江苏省南京市市区东北临江的落星山上。元代《（至正）金陵新志》记载："落星楼在上元县东北，古临沂县前。"北齐郭遵《初日见朝元阁赋》："司晨而见，异星楼之丽宵；质明乃光，殊日观之生晓。"唐代骆宾王《送费六还蜀》："星楼望蜀道，月峡指吴门。"秦娥：又称弄玉、秦女、秦王女等，相传为秦穆公之女，嫁与萧史，就其学箫，如作凤鸣，穆公为之作凤台以居，后夫妻乘凤飞天仙去。

卜算子·问君

杨柳依胡尘，飞絮催花老。

明月清风残梦里，白发生多少。

花落自飘零，依别春晖好。

往事如风又成烟，寂寞连幽草。

相见欢·湟水别

清风把酒初秋，水长流，

细雨轻云魂断醉高楼。

胡边月，又离别，太生愁，

长恨天涯憔悴锁人囚。

长相思·秋思①

水悠悠，月悠悠。

渺渺江波寒水流，寄情秦月楼。

思悠悠，念悠悠。

晓叶霜残无限愁，相思何日休。

①长相思：词牌名，又名吴山青、山渐青、相思令、长思仙、越山青等。以唐代白居易《长相思·汴水流》为定格，双调三十六字，上下阕各四句三平韵一叠韵。另有上阕四句三平韵一叠韵，下阕四句三平韵，以及上下阕各四句四平韵等变格。代表作有李煜《长相思·一重山》、林逋《长相思·吴山青》、欧阳修《长相思·花似伊》、晏几道《长相思·长相思》、纳兰性德《长相思·山一程》等。

长相思·秋语

角声残，笛声残。

江阔天高山黛烟，鸿飞碧水澜。

秋月寒，秋风寒。

明月星稀独倚阑，相思千重山。[①]

①阑：同"栏"，本义格栅门，引申为栏杆。《说文》："阑，门遮也。"杜甫《李监宅二首》："门阑多喜色，女婿近乘龙。"岳飞《满江红》："怒发冲冠，凭阑处，潇潇雨歇。"

忆秦娥·嘉峪关怀古

秦音绝，长风吹皱关山月。[①]

关山月，长亭回首，泪眼伤别。

声声悲雁碧空裂，茫茫瀚海千秋雪。

千秋雪，斜阳山外，汉塞城阙。[②]

①关山：关隘山岭，这里泛指嘉峪关南部的祁连山和北部的黑山等。

②汉塞：汉朝边塞，这里借指嘉峪关。嘉峪关始建于明洪武五年（1372 年），由内城、外城、罗城、瓮城、城壕和南北两翼长城组成，全长约 60 千米，是现存长城最大的关隘，也是中国规模最大的关隘。

鹊桥仙·七夕①

汉河昭昭，月星皎皎，遥望星辰难渡。②

今朝七夕恨烟宵，谁羡慕，鹊桥仙路。

流波脉脉，泪花滢滢，一夜情欢晨露。

痴情莫说暮和朝，道不尽，满心愁苦。

<hr/>

①鹊桥仙：词牌名，又名鹊桥仙令、忆人人、金风玉露相逢曲、广寒秋等。该词牌以
　北宋欧阳修《鹊桥仙·月波清霁》为定格，双调五十六字，上下阕各五句两仄韵。
　另有双调五十六字，上下阕各五句三仄韵；双调五十八字，上下阕各五句两仄韵等
　多种变格。代表作除欧阳修《鹊桥仙·月波清霁》外，还有苏轼《鹊桥仙·七夕》、
　秦观《鹊桥仙·纤云弄巧》、柳永《鹊桥仙·歇指调》、辛弃疾《鹊桥仙·送杈卿行》
　等。

②汉河：即河汉、银汉，意为银河。《古诗十九首》："迢迢牵牛星，皎皎河汉女。"北
　宋秦观《鹊桥仙·纤云弄巧》："纤云弄巧，飞星传恨，银汉迢迢暗度。金风玉露一
　相逢，便胜却人间无数。"

点绛唇·遥祭①

小序：宁为玉碎，不为瓦全——2017 年 9 月 21 日子夜为纪念一个高贵的灵魂而作。岁月多波澜，人生易蹉跎；在这个薄情的世界里，我们更应该深情地活着。愿逝者安息，生者勇行！

摇曳新幡，断肠难寄凄凉色。

香魂寂息，无语秋风默。

恨苦烛台，泪溅寒山黑。

尊离忆，菊黄月蚀，惆怅增孤客。

①点绛唇：词牌名，又名点樱桃、十八香、南浦月、沙头雨、寻瑶草等。以南唐冯廷
巳《点绛唇·荫绿围红》为定格，双调四十一字，上阕四句三仄韵，下阕五句四仄
韵。另有四十一字，上下阕各五句四仄韵；四十三字，上阕四句三仄韵，下阕五句
四仄韵的变格。代表作有苏轼《点绛唇·红杏飘香》、李清照《点绛唇·蹴罢秋千》、
姜夔《点绛唇·丁未冬过吴松作》、王国维《点绛唇·屏却相思》等。

念奴娇·酒泉怀古①

小序：2017年中秋，独览酒泉西汉胜迹，日晚人稀，小径通幽；观亭赏泉，落霞满天。看泉水汩汩暗自涌流，而昔日英雄，已不知归处，不仅慨然。

长风万里，碧空净，漫卷曲散云天。

西汉遗胜，曾道是，骠骑倾酒金泉。②

翠叶侵红，夕阳晚照，霞映暮山寒。

菊黄香染，故国风景无边。

遥忆年少英雄，奔流驾铁骑，马踏荒原。

封狼居胥，烽火尽，持酒同饮湖边。

眺远凝眸，望苍莽瀚海，似画江山。

浓愁无语，一生过往如烟。

①念奴娇：词牌名，又名百字令、酹江月、大江东去、湘月等。据说最早得名于唐代天宝年间一个名叫念奴的歌伎。此调以苏轼《念奴娇·中秋》为定格，双调一百字，上阕四十九字，下阕五十一字，各十句四仄韵。另有上阕九句四仄韵、下阕十句四仄韵等十一种变格。代表作有苏轼《念奴娇·赤壁怀古》、李清照《念奴娇·春情》、姜夔《念奴娇·闹红一舸》、毛泽东《念奴娇·昆仑》等。

②骠骑：古代用于将军的名号，此处特指西汉名将霍去病。元狩二年（公元前121年），汉武帝任命霍去病为骠骑将军，率兵西征，占据河西。据传，为犒劳霍去病战功，汉武帝从长安赐御酒一坛，但霍去病认为功劳属于全军将士，于是倾酒入泉，与将士共饮，"酒泉"由此而得名。

浣溪沙·望月①

芦荻飘残栖凤东，②

茫茫烟水望苍穹，

桂花清影玉楼空。③

旧梦浮华天下同，

横斜往事酒樽红。

婵娟遥寄思难穷。④

①浣溪沙：词牌名，又名浣纱溪、小庭花。原为唐教坊曲名，后用作词牌名。最早采用此调的是唐人韩偓，通常以其词《浣溪沙·宿醉离愁慢髻鬟》为定格，双调四十二字，上阕三句三平韵，下阕三句两平韵。代表作有晏殊《浣溪沙·一曲新词酒一杯》、秦观《浣溪沙·漠漠轻寒上小楼》等。

②栖凤：指酒泉职业技术学院栖凤塘，参见《栖凤塘》注释。

③桂花：中国传统十大名花之一，又名岩桂、木犀、九里香、金粟等，常绿乔木或灌木，品种繁多，最具代表性的有金桂、银桂、丹桂、月桂等，历来受人推崇。《吕氏春秋》："物之美者，招摇之桂。"屈原《九歌》："援北斗兮酌桂浆。……辛夷车兮结桂旗。"李清照《鹧鸪天·桂花》："何须浅碧深红色，自是花中第一流。"

④婵娟：指代明月或月光。苏轼《水调歌头·明月几时有》："但愿人长久，千里共婵娟。"

望海潮·夜饮肃园①

黄花堆地，丹枫飘叶，霜侵万里江山。

衰草乱云，枯藤冷树，几行归鸿声残。②

斜日暮云间。独林乌啼晚，霞西飞天。

皓月清辉，小池泉水淡如烟。

中秋夜饮湖园。看青春老尽，风月无边。

揪绪扰心，浓愁锁眼，鬓霜追忆流年。

华指送繁弦。叹古琴奏怨，横笛吹寒。

欲上高楼，人怕旧梦竟无言。

---

①望海潮：词牌名。以柳永《望海潮·东南形胜》为定格，双调一百〇七字，上阕十一句五平韵，下阕十一句六平韵。另有上阕十一句五平韵，下阕十二句七平韵的变格。代表作有秦观《望海潮·洛阳怀古》、纳兰性德《望海潮·宝珠洞》、厉声教《望海潮·悼周恩来总理》等。肃园：指西汉酒泉胜迹。

②归鸿：归雁，古诗文多以此寄托归思。三国嵇康《赠秀才入军其十四》之四："目送归鸿，手挥五弦。"唐代张乔《登慈恩寺塔》："斜阳越乡思，天末见归鸿。"宋代欧阳修《洛阳春·红纱未晓黄鹂语》："看花拭泪向归鸿，问来处、逢郎否。"唐代谭用之《感怀呈所知》："十年流落赋归鸿，谁傍昏衢驾烛龙。"

蝶恋花·骊山怀古①

风紧霜寒凝玉露。

水月流花，星照长安路。

衰草茫沙行尽处，苍山远黛无重数。

鸾阁芙蓉空怨暮。②

愁锁黄昏，泪恨离别苦。

可叹骊宫胡旋舞，面桃化作尘与土。③

①蝶恋花：词牌名，本名鹊踏枝，又名黄金缕、卷珠帘、凤栖梧、一箩金、转调蝶恋
　　花、明月生南浦、细雨吹池沼、鱼水同欢等。原为唐教坊曲名，后用作词牌名。此
　　调以南唐冯延巳所作（一说北宋晏殊所作）《蝶恋花·六曲阑干偎碧树》为定格，双
　　调六十字，上下阕各五句四仄韵；另有多种变格。代表作有李煜《蝶恋花·春暮》、
　　柳永《蝶恋花·伫倚危楼风细细》、苏轼《蝶恋花·春景》等。

②鸾阁：宫中的亭阁。唐代李绅《登禹庙回降雪五言二十韵》："粉凝鸾阁下，银结凤
　　池限。"

③骊宫：指华清宫，或称华清池、骊山宫、绣岭宫。因其建在骊山之上，故名。胡旋
　　舞：唐代最盛行的舞蹈之一，传自西域，有独舞，也有三四人舞，多旋转蹬踏，故
　　名胡旋。

蝶恋花·马嵬离恨

月伴愁云霜凝露。

孤雁声寒，叫断长亭暮。

一顾秋波惊梦处，天堂从此成穷路。

昨夜西风萧瑟雨。

叶落黄昏，残日随风去。

眸眼流波离恨苦，人间凄切君难诉。

浣溪沙·金陵雪月

小序：2018 年岁初，途经南京，游夫子庙，寻桃叶渡，眺白鹭洲，访鸡鸣寺……行至瞻园，游人如织，虽寒天残雪，而蜡梅欲放，即兴咏之。

桃叶渡寒君且醉，

秦淮月照人难寐，

愁压空云天欲坠。

长亭白雪春风泪，

日暮寒天修竹翠，

一曲梅音羌笛碎。

江城子·年夜

一弯清月晓辉寒，照空山，淡如烟。

愁倦凄凉，惊梦玉堂眠。

星斗微茫霜似雪，箫声咽，五更残。

韶华飘逝叹流颜，雨庭轩，水云间。[①]

往事难寻，回首又来年。

归路潇潇天际远，长相忆，共婵娟。

①韶华：美好的时光，常指春光。此处指美好的年华或青年时期。唐代李贺《嘲少年》：
　"莫道韶华镇长在，发白面皱专相待。"宋代秦观《江城子》："韶华不为少年留　恨
　悠悠，几时休？"

蝶恋花·暮春

青草萋萋依碧树。

风送残红，吹落花无数。

满目苍凉乱莺语，孤云幽怨杨飞絮。

西风古道斜阳暮。

莫恨柔肠，浪迹天涯路。

春水涓涓愁几许，空山不尽潇潇雨。

蝶恋花·元宵

小序：作于戊戌狗年元宵。时至子夜，鞭炮交响，烟花满天，而新年渐残，遂百感交集。

飞焰连天灯如昼。

玉树银花，虹霓金狮狗。

烛影光明彩云后，夜阑满月栖星斗。

韶华半百人依旧。

横笛疏梅，又忆花枝瘦。

且敬红尘一杯酒，莫让岁月空回首。

生查子·立春感怀①

曈曈晴春日，絮絮寒风袖。②

水流凝冰坚，雪逐苍山旧。

往事暗销魂，残梦难回首。

晓镜鬓霜华，痛饮浊杯酒。

①生查子：词牌名，又名相和柳、梅溪渡、陌上郎、遇仙楂、愁风月、绿罗裙、楚云深、梅和柳、晴色入青山等。原为唐教坊曲名，后用作词牌名。有双调五体，字数有四十、四十一、四十二诸种。其定格为双调四十字，上下阕各四句两仄韵。代表作有牛希济《生查子·春山烟欲收》、欧阳修《生查子·元夕》、晏几道《生查子·关山魂梦长》、贺铸《生查子·风清月正圆》、辛弃疾《生查子·独游西岩》等。

②曈曈：明亮貌，如南朝何逊《苦热》："曈曈风逾静，曈曈日渐旰。"絮絮：连绵不绝貌，如明代袁宏道《云影字解》："余尝登高岩，见其絮絮然沾吾衣屦也。"

忆秦娥·天水秋行

花阴缺，夜寒如水灯明灭。

灯明灭，烛花凝泪，万般心结。

飞红堆地伤情切，晚秋霜洗空山月。

空山月，西风古道，汉宫秦阙。

念奴娇·秋日咏怀

登楼眺远，望故园秋色，群英侵翠。

黯淡飞云连碧水，万里晴空天气。

枫紫烧林，菊黄烂漫，败叶寒音坠。

月悬霜树，凝愁无语相对。

闻到旧梦无痕，光阴亦逝，谁懂斜阳意。

白发星星人易老，一片书生憔悴。

疏酒飘零，朱颜辞镜，寂寞芦花醉。

孤鸿声里，声声肠断心碎。

行香子·寒露①

露坠风寒，衰草连天。

渐黄昏梧叶飘残。

斜阳岛外，隐隐云烟。

叹菊花黄，荻花白，枫林丹。

青春易逝，荏苒流年。

暗回首空老朱颜。

愁心夜夜，抱影无眠。

对一轮月，一溪水，一重山。

①行香子：词牌名，又名爇心香、读书引等。以北宋晁补之《行香子·前岁栽桃》为定格，双调六十六字，上阕八句四平韵，下阕八句三平韵。另有双调六十八字，上下阕各八句四平韵，以及双调六十四字，上下阕各八句五平韵等变格。代表作品有苏轼《行香子·述怀》、李清照《行香子·七夕》等。

浣溪沙·岁夜

霜霭凌霄水凝空，

一轮孤月鼓楼东。

淡烟衰草夜辉中。

横雪凄凉心寂寂，

韶华荏苒去匆匆。

白头与恨向悲风。

肆 散曲·偶得

端正好·暮春①

一点梅，

玉海棠，

虞美人、桃红柳绿。

万紫霞璨落云幕，

一年春好处。

---

①端正好：曲牌名，属北曲。正宫用作套数首牌，多与滚绣球、脱布衫、叨叨令、小
　梁州、倘秀才、白鹤子、灵寿仗、煞尾等曲牌联套。代表作有王实甫《正宫·端正
　好》（见《长亭送别》）、关汉卿《正宫·端正好》（见《窦娥冤》）等。

端正好·醉春

夜阑珊，①

月朦胧，

胡风紧、残星西坠。

酒入愁肠人皆醉，

绿波寒烟翠。②

①阑珊：衰残，将尽。古典诗词中经常出现，有凄凉、凄楚、凋零意味。南唐李煜《浪
　淘沙令·帘外雨潺潺》："帘外雨潺潺，春意阑珊，罗衾不耐五更寒。"北宋贺铸《小
　重山》："歌断酒阑珊。画船箫鼓转，绿杨湾。"晚清龚自珍《浣溪沙》："香雾无情
　作薄寒，银灯吹处气如兰，凭肩人爱夜阑珊。"

②寒烟：寒冷的烟雾。南朝颜延之《应诏观北湖田收》："阳陆团精气，阴谷曳寒烟。"
　北宋王安石《桂枝香·金陵怀古》："六朝旧事随流水，但寒烟衰草凝绿。"元代贯庚
　《江村》："极目江天一望赊，寒烟漠漠日西斜。"清代孔尚任《桃花扇·会狱》："宫
　槐古树阅沧田，挂寒烟，倚颓垣。"

山坡羊·酒泉怀古①

胡风如怒，②

雪峰如簇，

漫漫黄沙汉唐路。

青山处，

斜阳度，

孤雁声断长天暮，

多少英雄都成了古！

功，万骨枯；

败，万骨枯。

①山坡羊：曲牌名，又名山坡里羊、苏武持节，小令兼用。北曲属中吕，以张可久《山坡羊·酒友》为正格，十一句，押九韵或十一韵；南曲属商调，以沈璟《山坡羊·学取刘伶不戒》为正格，十一句，押十一韵。代表作有张养浩【中吕】《山坡兰·潼关怀古》、唐寅【商调】《山坡羊·嫩绿芭蕉庭院》等。

②胡风：胡地的风。胡泛指北方及西域少数民族，酒泉在历史上曾属胡人之地，故称胡风。

天净沙·塔尔寺①

古寺宝殿胡沙，②

佛坛唐卡藏家，③

壁画酥油奶茶。

神堆尼玛，④

朔风幡动袈裟。

①天净沙：曲牌名，又名塞上秋，属北曲越调，用于剧曲、套数或小令。全曲五句二十八字（衬字除外），基本字句格式为六六六四六，其中第一、二、五句平仄完全相同。依韵而论，此调主要有两种格式，均要求句句押韵，其中：定格为四平韵一叶韵，第一、二、三、五句为平韵，第四句为叶仄韵；变格为三平韵两叶韵，第一、二、五句为平韵，第三、四句为叶仄韵。代表作有马致远《天净沙·秋思》等。

②古寺：此处指塔尔寺。该寺原名塔儿寺，位于青海省西宁市湟中县鲁沙尔镇西鄙隅的莲花山坳中，始建于1379年，距今已有600多年历史。系藏传佛教格鲁派六大寺院之一，也是西北地区的佛教文化中心。

③唐卡：又称唐嘎、唐喀，系藏文音译，指用彩缎装裱后悬挂供奉的宗教卷轴画。它是藏族文化中一种独具特色的绘画艺术形式，题材内容涉及藏族的历史、政治、文化和社会生活等诸多领域。

④尼玛：此处指玛尼堆，又称神堆，藏语称"朵帮"，就是垒起来的石头之意，主要用作祭坛。朵帮分为两种类型：阻秽禳灾朵帮和镇邪朵帮。在西藏各地的山间、路口、湖边、江畔，几乎随处可见。

天净沙·雪域

转山转水神游，

雪山芳草牦牛，

往事今生莫求。

箴言依旧，^①

一声明咒消愁。^②

①箴言：规谏劝诫之言。出自《尚书·盘庚上》："相时憸民，犹胥顾于箴言。"尼玛：
　藏语词汇，意为光明、神圣，引申为太阳，如拉萨又称"尼玛拉萨"，即阳光照耀的
　神地。也常用作人名，以示祈福。

②明咒：即六字大明咒，又称六字大明陀罗尼、六字箴言、六字真言、嘛呢咒，咒文
　"唵嘛呢叭咪吽"源于梵文，系观世音菩萨心咒。其中，"唵"字象征五智，"嘛呢"
　的意思是宝，"叭咪"代表莲花，"吽"字则是宣说、迎请观世音菩萨的遍知。全咒
　可译为："您，莲花宝，赐予一切的遍知。"

天净沙·西湖

杏花细雨江南，

碧莲明月三潭，

白塔晨钟佛龛。

琵碧轻慢，

断桥流水山岚。

跋：或者遇见

摆在案头的这部书稿，不过 80 多页纸的厚度，而我，也在新年迫近的足音里，惶惶步入了此生第 50 个春秋——无巧不成"书"，既然生命注定要和纸墨来一次"相遇"，那就"相遇"好了——这些诗句或文字本身，又何尝不是一次又一次"意外的遇见"呢？

时光薄凉，一如书页；不管走过的路是坎坷、艰难，还是平坦、顺畅，随时都会被命运装订成册，没有任何"重来"的机会。面对季节的轮回，面对这些越攒越厚潦草的印迹，我们，终究是一个读者，一个过客，除了内心偶尔的触动，不会在上面留下什么。我想，这本书所辑录的，与其说是诗，不如说是我和世界以及自己的相遇。

30 多年前，因为和几位老师的"相遇"，我便与古典诗词结下了不解之缘。那时，父亲在青海省贵南巴仓农场任职，我在那里的子弟学校读书。经历了"文化大革命",学校的师资极度匮乏,农场只好从"右派"人员中挑选了几位"高人"为我们授课。教授语文的是柳鸿章先生,他曾就读大学中文系,当过入缅抗战部队的战地记者,后担任报社总编。课堂上,他总是能够顺手拈来一些诗词名句,让我们看到书本、大山和时间以外的世界,感受到一股清流。还有一位语文老师叶林先生,读过私塾,有着深厚的国学造诣,课上课下,文采飞扬……他们的引导,在我心里悄然埋下了一颗诗歌的种子。在他们的潜移默化下,我开始接触古典诗词,走进了诗经、楚辞、乐府,走进了李白、杜甫、小李杜,走进了东坡、易安、纳兰性德……虽然大学学了化学,依旧诗心不泯。

30多年来,因着这颗诗心的引导,我也遇见了另一个自己。从祖籍天水到我的出生地酒泉,再到度过童年、少年的贵南巴仓,从永远的大学西宁到安身立命的酒泉,虽然丧失了"故乡",却仍然可以"诗意地栖居"。脚下的大地在变,头顶的天空在变,身边的朋友在变,曾经意气风发的"望岳"少年,渐成双鬓披霜的"登高"老者,曾经"会当凌绝顶,一览众山小"的豪迈,让步于"无边落木萧萧下,不尽长江滚滚来"的感慨……唯一不变的,是对于生活诗意的关照。

近几年，曾经埋下的那颗诗歌的种子，仿佛突然被时光唤醒，一得闲暇，便会发芽，一见风物，便会滋长。一次出差，车过沙坡头，看长河落日消逝于瀚海荒原，听大风从汉唐吹来，将岁月拧碎，在大野砌起垛垛沙丘、层层沙垄，在游子发梢洒下满地星光、满地霜花，于是就有了"长风千万里，吹白少年头"的感慨。一次回家，途经门源，见六月飞雪，天地绝尘，绵羊融入茫茫雪原，牦牛变成远处山坡上的一个黑点，顿觉自然之强大、生命之渺小、俗世之无常，于是又有了"一颗素心对红尘，月照梦中人"的咏叹……本书收录的，正是这样一些"闲来之笔"。它们是真实的存在，记录了我和这个世界的相遇，更是这个世界在我内心的投影。

"得半日之闲，可抵十年的尘梦。"在我看来，喝酒，是一种闲适；写诗，也是一种闲适。车水马龙后，繁华终将落幕，面对不期而遇的寂寥，不妨抱定一颗诗心，让一切恢复自然，游弋于文字之间，沉淀于时光深处——就像小时候，一家人围着火炉说说笑笑，窗外是烟火，门内是生活……

最后，我想化用一阕纳兰性德的词，送给不期而遇的你和这个世界：明月多情应笑我，笑我如今。犹抱诗心，独自闲行独自吟……

文　有

2019 年 1 月 16 日子夜于酒泉